LA POLITIQUE

D'UN

PROLÉTAIRE

MONTMARTROIS

PAR

SAVINIEN LAPOINTE

PRIX : **15** CENTIMES

PARIS

BIBLIOTHÈQUE NAPOLÉONIENNE

HENRI GUÉRARD, ÉDITEUR

Photographies-Librairie

156, rue de Rivoli, 156

LA POLITIQUE

D'UN

Prolétaire Montmartrois

———————◆◆◆◆————————

CHAPITRE PREMIER

LA RENCONTRE.

I.

Par une de ces belles journées du mois de mai, un peintre en bâtiment s'était arrêté en face de la boutique d'un bric-à-brac d'où il contemplait avec mélancolie la statuette représentant l'image de la République, quand un compagnon serrurier à la démarche allègre, au visage enjoué, lui frappa amicalement sur l'épaule ; tous deux néanmoins se toisèrent d'un air un peu embarrassé. Ce fut le compagnon serrurier, nommé Laverdure, et surnommé « le Montmartrois, » qui le premier entama la conversation·

— Bonjour, communard !

— Bonjour, mon vieux Badingue !

Toutefois ces qualifications enfantines furent échangées de part et d'autre sans provocations intentionnelles.

— Il y a longtemps qu'on ne s'est rencontré, fit Laverdure en serrant la main du peintre en bâtiment avec affection.

— Du moins qu'on ne s'est parlé, répondit le communard, en lui rendant sa poignée de main avec cordialité.

— C'est bête, la politique, fit le compagnon serrurier.

— Bête comme chou, riposta l'autre avec émotion.

Ces braves enfants du peuple s'étaient expliqués et compris dans ces quelques paroles.

II.

Nos deux compagnons, tout en devisant sur ceci, sur cela, franchirent d'un pas agile l'escalier qui commence place Saint-Pierre, pour aboutir rue Berthe, puis ils avisèrent un cabaret à droite, lequel porte cette enseigne : *A l'Échelle de Jacob.*

Quelques ouvriers de diverses professions soupaient en famille sous le feuillage des acacias; les enfants jouaient dans le sable. Une bonne vieille servit une bouteille et deux verres aux nouveaux venus. Puis on trinqua : Laverdure prit la parole.

CHAPITRE II.

SOUS LA TONNELLE.

I.

— Comment va ta bourgeoise ?
— Pas mal.
— Et les moutards ?
— Assez bien, Dieu merci.

— Et toi, es-tu content?

— Comme-ci, comme-ça, répondit le peintre en bâtiment.

Il y eut un moment de silence. Laverdure le rompit tout en versant à boire.

— Et la besogne, comment va-t-elle dans ta boîte?

— Pas à la vapeur, répondit le communard; sur soixante-trois compagnons que nous étions autrefois, nous ne sommes plus que treize, et encore chômons-nous les dimanches et les fêtes.

Cet *autrefois* voulait certainement dire sous l'Empire.

— Pour comble de malheur, ajouta-t-il, on supprime les heures supplémentaires et on rogne la pièce de cinq. Le patron nous a diminué cinq centimes par heure, soit cinquante centimes par jour, en sorte que la pièce de cent sous ne vaut plus que quatre francs cinquante.

— Eh bien! mais, et la grève?

— La grève?... on n'en fait plus...

— Les ouvriers sont devenus sages, fit Laverdure avec un petit clignement d'œil imperceptiblement railleur. Nos députés l'ont déclaré à la tribune du moins.

— Ce n'est pas tout à fait ça, répondit le peintre en bâtiment, la vérité est que l'ouvrier va de lui-même au devant du rabais. Ainsi, par exemple, je sais une maison qui occupe depuis des années trente ou quarante compagnons anglais, réputés à tort ou à raison les plus habiles dans leur profession. Eh bien ! à la paye dernière, on les a prévenus que dorénavant on réduirait la main d'œuvre de trente pour cent. Les anglais mirent bas; derrière eux, quarante ouvriers français se présentaient et s'offraient; naturellement le patron accepta....

— Par patriotisme, fit Laverdure, pour occuper des compatriotes préférablement à des étrangers, ajouta-t-il avec son petit clignement d'œil.

— Ah ! ben oui, répliqua la Comète (nous avons omis de dire que ce brave communard se nommait ainsi par la raison qu'il est venu au

monde un soir qu'une de ces brillantes écheve-
lées errait dans les profondeurs du ciel), ah !
ben oui, il accepta parce que les ouvriers français, des *feignants*, offraient à s'embaucher
au-dessous du cours anglais, c'est-à-dire à
quarante pour cent de réduction. Voilà ce que
nos députés appellent la sagesse du peuple,
probablement.

— Ce qui n'est que la sagesse du ventre,
riposta Laverdure; mais nos camarades ne
sont pas des fainéants en cette occurence; on
ramasse son pain où on le trouve et comme on
peut. Quand au patron, s'il écorne la journée,
s'il rogne la pièce de cinq, ce n'est peut-être
pas par avidité, c'est qu'il sait lui-même que
ses affaires sont en dèche... et d'ailleurs les
questions ouvrières n'intéressent personne
aujourd'hui qu'on est en république... Gambetta
n'a-t-il pas déclaré qu'il n'y a pas de questions
sociales dans la république aimable du citoyen
Jules Simon?

— Pas de questions sociales! s'écria a
Comète, Gambetta n'a pas dit ça!

— Ah !.., eh bien! tiens! lis!...

Et il lui glissa sous les yeux la lumineuse déclaration gambettiste.

La Comète se gratta l'oreille d'un air tout contrarié.

— Alors, demanda-t-il, s'il n'y a pas de questions sociales, qu'est-ce qu'il y a donc?

— Il y a la république athénienne, bêta! répondit Laverdure.

— Qu'est-ce que c'est que ça, la république athénienne? insista la Comète, le sais-tu, toi?

— C'est un mot inventé par Gambetta pour désigner « la république aimable », pour nous en démontrer les bienfaits présents et les grandeurs futures.

— Mais qu'est-ce que ça représente, une republique athénienne et aimable? Si tu le sais, dis-le nous, fit la Comète; quant à moi, je n'y entends rien.

Les ouvriers, qui çà et là se reposaient sous la ramée tout en bourrant leur pipe, prêtaient une oreille attentive mais défiante aux paroles du montmartrois, qui répondit:

CHAPITRE III.

DE LA RÉPUBLIQUE ATHÉNIENNE.

I.

— C'est bien simple; les Athéniens étaient, il y a de ça trois mille ans, un grand peuple dans un petit Etat. Le plus beau règne de ce peuple héroïque et très-amoureux des arts, celui auquel probablement fait allusion le citoyen Gambetta, fut le siècle de Périclès, que le héros du RAT MORT s'est proposé comme exemple.

Le siècle de Périclès pour les arts, la poésie, l'éloquence, la littérature et la gloire militaire semble correspondre au règne d'Auguste César, un lapin, celui-là, que tu ne connais pas.

Les poètes, les orateurs, les philosophes, les artistes, les capitaines, les financiers faisaient cortége à ce chef de république nommé Périclès.

— Tout ça m'a bien l'air d'être de l'aristocratie, et ces républicains-là de parfaits aristos, interrompit la Comète.

Un murmure approbatif des ouvriers accueillit cette observation de la Comète.

II.

— Je ne dis pas non, continua Laverdure en élevant la voix, mais c'est comme ça!.. même il y avait des propriétaires d'une richesse telle, que d'aucuns possédaient jusqu'à vingt mille esclaves, lesquels alors n'avaient pas le droit de faire grève, comme sous le tyran.... Bonaparte.

— Et les esclaves? qu'est-ce qu'ils disaient? demanda le communard.

— Les esclaves?... ils allaient se saoûler en liberté, répondit Laverdure.

— Ah!... fit la Comète. Puis il tomba dans un silence rêveur.

Un des ouvriers hasarda cette question:

— De quoi? des esclaves en république?

— Athénienne; oui, camarades.

L'ouvrier qui venait de prendre la parole et dont nous ignorons le nom était un habitant des hauteurs de Belleville. Aussi le désignerons-nous sous la dénomination du Bellevillois.

III.

— Pourquoi pas, riposta un blousier des Batignolles aux traits rembrunis et martials, n'avons-nous pas des prolétaires dans la république conservatrice des Gambetta, des Simon et des Thiers ?

— Ah! ça, ce n'est pas la même chose, répliqua la Comète non sans raison; nous avons, nous, le droit de mourir de faim.

— Oui, de faire grève, j'entends, répondit le Batignollais, mais il n'y a pas longtemps....! Encore un bienfait dû au « Tyran » !

— C'est égal, cette république athénienne ne me botte guère, murmurait la Comète. A moins, il est malin, le Gênois, que ce ne soit une frime pour mettre le bourgeois dedans.

— Le bourgeois ou nous, riposta le Batignollais.

— Au fait, ajouta le Bellevillois, pourquoi nous donner en exemple un gouvernement où des particuliers ont vingt mille esclaves? C'est une trahison, et cette république-là n'est qu'un piége.... à... prolétaires.

— C'est encore comme ça de nos jours, répliqua le Batignollais; seulement, au lieu que ce soit par le seul fait d'un individu, ça ce fait en gros par des compagnies, par les capitaux réalisés et coalisés contre le prolétariat: voilà tout.

— Pas de questions sociales! répéta la Comète.

— Et pour nous donner un avant-goût de ce que serait cette république idéale, continua Laverdure, les orléanistes censitaires et les républicains formalistes, même les républicains doctrinaires, Louis Blanc en tête et Albert Grévy en queue, ont fait et voté le Sénat en culotte courte.

Un des assistants, abonné au *Radical*, s'écria ironiquement, et cela parce que le Montmartrois l'embêtait par sa logique véritablement populaire et sage:

— *Ce monsieur* a raison.

A quoi le Montmartrois répondit fièrement et d'une voix accentuée, l'œil fixé sur son interrupteur:

— Monsieur?... pas plus que toi, imbécile! Je ne suis qu'un salarié comme toi; comme toi je gagne mon pain quotidien, entends-tu? comme toi!... Que ma brouette soit peut-être moins lourde que la tienne, je n'y contredis pas; mais comme toi, je n'en suis pas moins attelé, mon vieux. Or nous ne faisons ici que de l'enseignement mutuel, histoire de causer un brin, comme des ignorantins que nous sommes et non comme des professeurs. C'est vrai que nous faisons de la politique à coup de gaule, comme des gens qui abattent des noix; mais, camarade, de même que le vieux saint Paul, si je fais de l'apostolat, le ciel m'est témoin que je le fais gratis, selon la parole de l'apôtre, entends-tu? A ma place, toi, qui fais le démocrate, tu te serais déjà fait sénateur, comme l'ouvrier Corbon, et le faux ouvrier Tolain!

L'interrupteur, ainsi collé, se renferma dans un silence haineux et ne souffla mot; mais, par un mouvement spontané, provoqué par la Comète, qui au fond aimait et estimait Laverdure, dont il connaissait la bonté et la droiture, les cœurs et les verres se rapprochèrent dans un commun élan.

CHAPITRE IV.

TOUT SEUL LE PROLÉTARIAT
NE SAURAIT SE TIRER D'AFFAIRE.

I.

Laverdure continua :

— Mais n'oublions pas camarades, que la plèbe, pour être sauvéé, a besoin de QUELQU'UN qui la prenne sous là protection de son génie, qu'il lui faut un chef issu du peuple et qui fasse « tout pour le peuple » ; par nous-mêmes, nous ne pouvons rien, je vous le prouverai tout à l'heure. Une république qui ne peut vivre qu'à la condition qu'elle sera conservatrice est bientôt réactionnaire, surtout au lendemain d'un effondrement qui a bouleversé tant de positions, froissé tant de consciences, compromis tant d'intérêts.

Sachez, camarades, qu'on n'est républicain aux *Débats*, au *Siècle*, à la *République fran-*

çaise, au *Bien public*, que pour échapper, en saisissant la direction gouvernementale, « à la vile multitude; » que le citoyen Gambetta est tout près à fusiller les prolétaires Belle-villois, ses électeurs, s'ils n'étaient pas de parfaits athéniens et que le citoyen Jules Simon ne s'est pas privé d'agir philosophi-quement envers les ouvriers comme il a agi en-vers Paul de Cassagnac. Il voulait la liberté ab-solue pour démolir l'Empire. Mais malheur au citoyen qui ne sera pas aimable! les prisons de la République

II.

Le bourgeois qui a bridé, sellé, attelé ce limonier appelé salarié, ne le lâchera, même en république, que pour le conduire à l'équarrisseur; de son côté, le prolétariat aspire après la radicale, — que lui promettent des imposteurs, — pour n'avoir plus qu'à se mettre à table. Ainsi la République, soit qu'elle nous vienne d'en haut ou d'en bas, conduit fatalement à la dictature du sabre ou du couteau. On n'est pas républicain, à la Chaussée-d'Antin, de la même façon qu'on l'est à Belleville. Quand Belleville triomphe, vous savez ce que c'est.... Quand la Chaussée-d'Antin est victorieuse, les plaines de Satory sont là pour vous répondre, et cependant des deux côtés, on crie: Vive la République! mais ce cri, c'est la guerre.

— Bien entendu! répondit le Bellevillois d'une voix sourde; je le hais moi, le bourgeois.

— Mais, camarade, la haine n'est pas une solution, pas plus qu'elle n'est un principe: — un mot d'histoire à ce sujet.

CHAPITRE V.

LA BOURGEOISIE.

I.

— Camarades, quand nous voyons un bon bourgeois « dans sa maison, le dos au feu, le ventre à table », comme dit la chanson, la tristesse nous gagne, quelquefois le découragement, et nous nous disons, comme le Bellevillois : — Pourquoi celui-là fait-il bombance quand nous, nous crevons de faim! — Alors nous le jugeons l'artisan de nos misères, nous, les artisans de sa fortune.

Mais raisonnons sans parti pris, enfin raisonnons. Cette bourgeoisie, que nous envions, n'a pas toujours été; elle est parce qu'elle a eu l'esprit d'être, et pour cela il lui a fallu l'ordre, le travail, l'économie et huit siècles de persévérance.

Abordons son historique pour en faire notre profit!

III.

Quand les provinces gauloises furent soumises aux Francs, quand le gaulois fut devenu français, qu'il eût perdu ses droits, ses mœurs, ses usages et jusqu'à son nom, un roi mit en vigueur la loi féodale qu'avait promulguée un Franc du nom de Charles le Chauve. Les vassaux jurèrent à ce roi obéisance et fidélité; chaque gros propriétaire devint comte sur sa terre, en sorte que les inégalités sociales furent proclamées militairement, et les droits de l'homme enfouis sous le fumier de la barbarie victorieuse, mais nationale, c'est-à-dire unitaire.

Les grands s'étaient donné un maître à la condition « de demeurer tyrans.» Le pacte féodal s'accomplit contre tout ce qui grouillait sur le sol gaulois, devenu propriété des Francs. Les cultivateurs furent chargés de redevances arbitraires, selon les lois du vainqueur et du bon plaisir. Ce fut la coalition des loups contre les moutons; les ouvriers furent traités comme les cultivateurs, et les habitants [des villes, ceux qui n'avaient pas le droit de porter une épée, furent traités comme ceux des campagnes. Le serf ne pouvait ni se marier, ni changer de domicile, ni transmettre ses biblots, s'il en avait, à sa famille, sans l'agrément de son seigneur et maître.

Le droit d'un seul fut établi dans la famille des grands sous le nom de droit d'aînesse ; il s'agissait de ne pas diviser la fortune territoriale, mais au contraire de la centraliser, comme aujourd'hui quelques maisons, s'armant de cette forme féodale, centralisent leurs capitaux.

Ainsi, le suzerain défendait et protégeait le vassal, et le roi protégeait et défendait le suzerain. On comprend l'intérêt qu'avaient les grands seigneurs à maintenir un régime dans lequel il n'y avait d'existence politique, sociale, judiciaire et exécutive que pour eux. Le niveau féodal avait passé sur le troupeau ; mais les hommes de métier, ceux-là qui s'adonnaient au travail manuel, les artisans, les marchands, tous les gens à marteaux, taillandiers, armuriers, maçons, battandiers, forgerons, charpentiers, bouchers, drapiers firent bientôt corps, comme aujourd'hui le commerce. L'habitude de calculer, de traiter des affaires les amena à réfléchir sur les affaires publiques. On se plaignit d'abord tout bas :

— Les temps sont durs !

— Les affaires vont mal !

— Les impôts sout lourds !

— Nous ne travaillons que pour le seigneur ! etc.

On se rassemblait, quelques voisins : bouchers, étaliers, aubergistes, et on causait, tout en trinquant comme nous faisons ici, chacun se communiquant ses impressions, ses vues, ses idées. On se disait : — Sous la domination romaine, nous avions encore l'administration de nos villes, et nos pères nommaient leurs conseillers ; aujourd'hui le comte s'empare de l'argent affecté au besoin de la cité, de la commune et nous écrase d'impôts.

— Ça ne peut plus aller comme ça !

IV.

Les hommes de travail commençaient donc à s'insurger contre les hommes de violence, l'outil contre l'épée. Il se réunirent d'abord à l'abri d'un nom pacifique : *Assemblée de la paix*. En réalité, ces assemblées de la paix se préparaient à la guerre. C'était une association ; son titre, une nécessité ou une ruse.

En 1072 et les années qui suivirent, les gens des villes se soulevèrent tout à coup comme une immense poussière, du midi au nord, sonnant le tocsin et poussant ce cri nouveau qui retentit dans toute la France : *Commune!* c'est-à-dire affranchissement en commun des impôts injustes et abolition des lois tyraniques. Il y eut grand bruit. Les seigneurs coururent aux armes. Les hommes des villes ne se laissèrent point intimider : ils résistèrent. Beaucoup périrent. Louis le Gros intervint tantôt en faveur de la *Commune*, tantôt contre. Des châteaux furent brûlés et pillés, des seigueurs égorgés, même des évêques, qui avaient pris les armes contre l'idée nouvelle. Des villes furent mises à sac, des hommes de la *Commune* exterminés. Ils tinrent bon; la lutte fut terrible, mais ils triomphèrent. Un roi reconnut aux hommes libres le droit d'acquérir des biens sur la terre du seigneur. A partir de cette loi, la bourgeoisie prit racine dans le sol. Bientôt la *Commune* fut partout triomphante. Il y eut des élections bourgeoises: faites bien attention à cela, camarades.

La justice passa des mains du seigneur dans celles du roi. Les bourgeois bien avisés, pour échapper à la tyrannie des seigneurs, se firent royalistes.

La bourgeoisie se hâta de fournir des soldats pour les armées du prince. La royauté, ayant souventes fois à réprimer les attaques de vassaux turbulents, commençait à chercher un point d'appui; elle le trouva chez ces bourgeois travailleurs, ambitieux et nombreux, qui s'enrichissaient et conservaient, qui, pour cette raison, offraient des ressources bien autrement sérieuses que celles des gens de guerre, entre les mains desquels dépérissait l'industrie, mère de la liberté et fondatrice des grands empires.

Ce n'étaient donc plus les hommes de guerre, camarades, c'est-à-dire les barbares, qui devaient triompher et conquérir le sol, mais le travail. Les bourgeois eurent des chartes, une justice, puis enfin une milice, comme qui dirait de nos jours la garde nationale.

La bourgeoisie montait donc; elle monta rapidement. Plusieurs villes bourgeoises bâtirent des forteresses en face le château-fort féodal, pour lui résister en cas d'attaque. C'était l'avenir bourgeois qui se dressait en face du passé seigneurial.

V.

Je vous ait dit que Louis VI, en butte aux attaques des féodaux, se mit du côté des *Communards* en insurrection contre les grands vassaux. La bourgeoisie sentait bien que sans l'appui du prestige royal elle ne pouvait rien; qu'il fallait avant tout faire masse et qu'il était bon de se ranger du côté de la puissance qui représentait la loi, l'ordre, le travail, attendu qu'il s'agissait avant tout d'édifier, et non de détruire.

Louis marchait donc avec l'opinion publique bourgeoise. La bourgeoisie, comme je vous le disais, s'était faite royaliste, et cette bourgeoisie avait raison, puisque la royauté passait, non du côté de la révolution — les royautés, sous peine d'abdiquer, ne doivent jamais être avec les révolutionnaires — mais du côté des réformes régulières et praticables; il y avait donc eu évolution, et non pas révolution.

Philippe-Auguste fut l'idole des *Commu-nards* bourgeois, parce qu'il porta un grand coup à la féodalité ; il fut le premier souverain qui osa abolir le servage sur les domaines de la royauté. La bourgeoisie, encouragée par le droit d'acquérir, de conserver et de transmettre, laborieuse, active, économe, ambitieuse, songea donc à s'instruire en même temps qu'elle soignait ses intérêts. Ses enfants suivirent les écoles, qui formaient une corporation sous le nom de maîtrise.

Les féodaux, les gens d'armes dédaignaient naturellement ces applications bourgeoises : tenir une épée étant l'idéal des races conquérantes. Cependant la popularité ne tarda pas à se tourner du côté de ces nouveaux riches, de ces savants sortis des entrailles de la nation. Les fils de la classe émancipée occupèrent des chaires dans les écoles publiques, devinrent fonctionnaires dans l'Etat, et par la suite composèrent les Parlements.

VI.

Donc, camarades, il est temps d'en finir avec ces appellations révolutionnaires. Vous devez comprendre que le vieux jacobinisme, comme le vieux libéralisme, est usé. Le bon gouvernement est celui qui se rapproche le plus et qui s'adapte le mieux aux idées d'ordre, de progrès et des applications pratiques, quelle que soit sa forme.

Ainsi, quand Louis VI, quand Philippe-Auguste, quand Louis XI, enfin Richelieu se plaçaient entre la bourgeoisie et la féodalité, les bourgeois étaient en mesure de payer l'impôt et de fournir des hommes distingués dans toutes les branches de la politique, de l'industrie, de la finance, de l'administration, des arts, des sciences, de la philosophie, de la magistrature. C'est elle, dont on pouvait dire alors avec raison : *les nouvelles couches sociales.*

Ces bourgeois, que Louis XI nommait ses compères (ses complices), montrèrent en 89, aux Etats Généraux, le chemin qu'ils avaient parcouru du neuvième au dix-huitième siècle.

Si bien qu'un abbé bourgeois put poser la question bourge oise en ces termes : — *Qu'est le Tiers-Etat ? — Rien. — Que doit-il être ? — Tout.* — Ceux-là qui n'ont rien ne seront rien.

Les gouvernements n'avaient donc compté qu'avec ceux qui possèdent, jusques à l'avénement de Napoléon III.

Napoléon III est le premier souverain qui ait osé compter avec l'ouvrier, avec ceux-là qui n'ont rien.

Quant aux paysans, à la plèbe, camarades, de serfs ils passèrent salariés ; seulement la bourgeoisie ouvrit en l'élargissant prudemment, de façon à éviter la cohue, le cercle social et politique pour les actifs, les intelligents, les adroits, les audacieux, les ambitieux.

Elle appela les privilégiés de la nature et de ses hasards. Les riches ouvrirent aux riches, qui s'intitulèrent classes dirigeantes.

La bourgeoisie proclama à son profit les principes de l'égalité victorieuse, laborieuse et intelligente. — Napoléon 1er et Napoléon III reprirent ces mêmes principes, les appliquèrent au profit du peuple et fondèrent *la démocratie impériale.*

VII.

Ce n'est donc pas dans le sang, comme la féodalité, mais dans le travail que les *commu-nards* du neuvième siécle ont conquis leurs droits de bourgeoisie sur les grands vassaux.

— C'est-à-dire que les voleurs se sont ligués avec les brigands pour dévaliser le pauvre peuple! s'écria le Bellevillois.

— Comment l'entends-tu? demanda le Batignollais, qu'on soupçonnait de modérantisme.

— J'entends que « *la propriété, c'est le vol,* » fit le Bellevillois. Proudhon l'a dit. C'est un bon citoyen, Proudhon.

—Moi, je crois que *la propriété, c'est l'ordre,* contrairement à l'opinion du citoyen Proudhon, de même que je crois que *la famille, c'est la morale,* répliqua le Batignollais.

— La famille!... la famille!... je ne dis pas, grommela le pauvre communard, qui adorait ses enfants; mais les amis du peuple prétendent que c'est avec ces idées-là qu'on éternise dans le monde le brigandage, l'asservissement et la misère. Qui dit propriétaire dit exploiteur; et qui dit exploiteur... dame, qu'est-ce exploiter un homme, si ce n'est l'assassiner?... Qu'est-ce que ça me fait à moi, la grande et la petite bourgeoisie dont parle le camarade... Si Napoléon III aimait tant le peuple, pourquoi ne nous a-t-il pas délivrés du mal bourgeois, comme le gros Louis a délivré les communards de son temps de la peste féodale? et pourquoi ne ferions-nous pas contre ces bourgeois ce qu'ils ont fait contre les grands seigneurs?

CHAPITRE VII

NAPOLÉON SE PERD PAR LE PEUPLE

I.

— Eh bien ! je vais te le dire carrément, camarade : seulement écoute avec attention, ça en vaut la peine, et comprends si tu peux ; pour un moment, tâche d'oublier les doctrines des charlatans et des blagueurs dont les programmes mélo-dramatiques te troublent la cervelle et font dévier ton honnêteté.

Quand Louis le Gros secondait les communards de son temps (je croyais pourtant te l'avoir déjà démontré), il avait trouvé chez eux et par eux un chemin, sinon complètement balayé, du moins largement déblayé, pour desservir des intérêts nouveaux, lesquels s'offraient à lui après avoir discrédité les intérêts anciens. Le souverain n'avait donc rien à renverser, à conquérir ; il n'avait qu'à enregistrer, à consacrer des faits accomplis au cri de : Vive le roi ! du roi qui se trouvait alors avoir pour base ces *nouvelles couches sociales*, qui au lieu de le renverser, le grandissaient et l'affermissaient dans son autorité.... Comprends-tu ?

— Un peu, répondit le Bellevillois, après uu grand effort d'attention.

Laverdure continua :

— Je m'explique : Louis le Gros était le représentant d'un monde armé pour l'ordre, outillé pour le travail et gravitant vers toutes les lumières à la fois, tandis que le malheur de Napoléon, son erreur, et aussi sa grandeur, est d'avoir inquiété, troublé des intérêts acquis et jaloux au profit d'une démocratie ouvrière turbulente, indisciplinée, envieuse, goguenarde, qui ne lui donnait aucune garantie d'ordre et de stabilité.

— C'est ça ! s'exclama le Batignollais.

Les ouvriers gardaient le silence. Le pauvre La Comète ouvrait de grands yeux. Un petit rayon lumineux semblait pénétrer cette intelligence alourdie par un dur travail et aigrie par la misère.

— Enfin, continua Laverdure avec l'accent d'une droiture inflexible : Où est votre crédit,

prolétaires ? à la gargotte, et encore !... et encore... où est votre outillage social ? votre
numéraire ? ce roulement de capitaux absor-
bants et résorbants ?... cette base chirogra-
phaire de vingt-cinq milliards ? cet immense
revenu du sol et de l'industrie ? cette pluie
d'or du travail qui tombe goutte à goutte jusques à temps qu'elle ait mesuré dans le canal
de l'Etat l'échelle des milliards nécessaires à
l'alimentation des ministères de la guerre, de
l'instruction publique, de l'intérieur, etc... où
est-elle ? êtes-vous des contribuables ? oui, in-
directement, comme tout le monde ; mais êtes-
vous des notables, des solvables ?

— Non !

— Possèdes-tu, mon bon La Cométe, deux
cents millions de fortune, comme un duc d'Au-
male, qui est en train d'acheter à Gambetta et à
Jules Simon la République révisable ? Tout le
prolétariat ensemble possède-t-il deux milliards de fortune, comme M. de Rothschild ?
Enfin, sommes-nous la matière imposable ?

— Non !

—Eh bien ! alors, l'empereur avait-il raison,
était-il prudent à lui d'escompter des valeurs

qui n'existaient qu'à la condition que nous serions sages, que nous comprendrions que le droit suppose le devoir, le travail largement rétribué, l'ordre et l'économie, et aussi la ferme résolution de défendre les institutions nouvelles ! Hélas ! camarades, n'est-ce pas pour avoir souscrit, endossé des valeurs fictives au nom de ce prolétariat, qui lui a fait faillite, que l'empereur est tombé, qu'il a été déposé et qu'il est poursuivi par la haine de ces vieux intérêts féodaux, bourgeois et cléricaux, qui ont croisé la baïonnette contre les idées émancipatrices du souverain ?

Oui ou non, Napoléon était-il un réformateur ? Si oui, il devait savoir, et il le savait, qu'il n'y a pas d'entreprise plus difficile à faire triompher et plus dangereuse à conduire que celle d'introduire de nouvelles lois ; « car le réformateur a contre lui tous ceux qui se trouvent bien des lois anciennes, et pour faibles défenseurs ceux-là mêmes qui pourraient se trouver bien des lois nouvelles. »

« Plus le peuple acquiert de bien-être, moins il garde de reconnaissance, a dit Proudhon. »

II.

A ces mots, prononcés avec une sorte d'amertume, le communard jeta sur le Montmartrois un de ces regards voilés et tristes qui semblaient dire : — Tu pourrais bien avoir raison, mon vieux Laverdure !

— Aussi, continua ce dernier, pourquoi Napoléon désarmait-il en présence des conspirations nuisibles au souverain et fatales au prolétariat? Il n'y avait aucune raison de temporiser avec des gens qui se déclaraient opposants quand même, quand même irréconciliables. Il fallait prendre l'animal par les cornes, fit Laverdure en s'animant, il fallait être un prophète armé : un Thésée, un Moïse, un Romulus, un Mahomet, un Pierre-le-Grand, tout, plutôt que de glisser dans le constitutionalisme parlementaire-bourgeois.

« C'est l'indécision et l'anarchie dans les moteurs qui amènent l'anarchie et la faiblesse dans les résultats. »

Quoi ! l'élu du suffrage universel, « le plus légitime des souverains », a dit Proudhon, se trouve cerné par une poignée de gredins, et il ne marche pas dessus ! il ne porte pas la main à la garde de cette épée dont la France l'a armé ! N'était-ce pas pour qu'il écrasât dans les jours d'anarchie la démagogie et les réacteurs, que le peuple avait délégué sa souveraineté à un seul ?

Le Batignollais souriait en écoutant le Montmartrois qui, en 48, avait été un opposant à l'Empire.

— Oui, continua Laverdure, il devait mesurer sa force et ses coups à la grandeur de ses desseins, à la souveraineté du but, comme disait Barbès devant la cour de Versailles ; mais la sentimentalité avait envahi la politique, paralysé l'énergie ; le ministère Ollivier ne sut pas gouverner, malgré ses bonnes intentions ; il sacrifia l'Empire à une honnêteté bourgeoise étroite, puérile : il s'est trop ressouvenu des *cinq*. Il manqua de poigne.

Ah ! je sais bien qu'on a vanté et qu'on vantera longtemps encore la douceur d'âme de ce grand insulté qui fut Napoléon III.

Pauvre empereur ! de la douceur ! il faut qu'on le sache, l'humanité est un composé de bassesse, de bêtise et de lâcheté. « Les hommes craignent moins d'offenser celui qui se fait aimer que celui qui se fait redouter. »

L'empereur devait donc rester ce que le peuple l'avait fait : gouvernement personnel et responsable devant Dieu, la patrie et la postérité, plutôt que de vaciller entre une autorité sentimentale et un parlementarisme bourgeois, c'est-à-dire étroit et anarchique.

« Le prince qui veut faire profession d'être bon au milieu de ceux qui ne le sont pas doit périr infailliblement tôt ou tard. »

La longanimité, quand les bombes orsiniennes éclataient au milieu de la foule paisible pour atteindre le souverain, était une duperie; ceux-là qui poussaient l'Empire dans cette voie glissante étaient des traitres ou des imbéciles. Le souverain, en face des partis armés pour le renversement ou l'assassinat, doit être le dernier à remettre l'épée au fourreau.

Il est donc bien avéré que c'est pour avoir servi la cause du peuple et avoir négligé de surveiller la bourgeoisie turbulente, que l'Empire s'est perdu.

— C'est aussi ce qui le ramènera ! s'écria le Batignollais.

— Qu'est-ce qu'il a donc tant fait pour le peuple ? fit l'homme du *Raidcal*, avec un gros ricanement stupide.

— Ce qu'il a fait, camarade, je vais te le dire, répondit Laverdure en s'armant de patience. Mais écoute.

CHAPITRE VIII.

L'EMPEREUR ET LE PEUPLE.

I.

— Voyons les actes relatifs seulement au prolétariat, continua Laverdure, et en quoi ce tyran d'une nouvelle espèce a mérité l'animadversion du *Radical* ou celle du *Rappel*, dont il a *grâcié* le patron qui en a notablement usé pour insulter le vaincu.

Courage sans péril.

La préoccupation première du tyran fut d'honorer le travail dans la personne des exploités. L'Empereur élève un palais au travail sous le nom de *Palais de l'Industrie*, et pour la première fois de simples artisans reçoivent publiquement, et de la main du monstre, des récompenses honorifiques; ils sont mentionnés, médaillés, décorés pour leurs travaux, comme des bourgeois !..., sais-tu ça ?

Il crée les *Invalides civils*. Il organise une caisse de retraite pour les vieux ouvriers.

L'État se fait l'économe des pauvres en fondant une caisse de prévoyance pour les imprévoyants, si nombreux chez nous. Sais-tu ça ?

Puis encore une caisse de crédit ou prêt d'honneur pour les ouvriers, sous le patronnage du Prince Impérial.

Orphelinat, salles d'asile sous le patronnage de l'Impératrice.

Hospice Sainte-Eugénie pour les enfants malades du peuple ; sais-tu ça, compagnon ?

L'Empereur établit des médecins par quartiers ; consultations et médicaments sont donnés gratuitement ; on ouvre des lavoirs publics où des bains sont donnés à prix réduit.

Il crée une caisse de retraite pour l'armée et les médailles militaires, sais-tu ça.

II.

L'Empereur partage sa liste civile avec les pauvres. Ce qu'il a tiré de sa cassette particulière, je vais te le dire :

Dons pour secours et pensions à d'anciens serviteurs, à d'anciens militaires : trente millions.

Pour encouragement aux sciences, aux lettres et aux arts : douze millions.

Pour encouragement à l'agriculture, pour acquisition, construction de fermes modèles, dessèchements de marais, reboisement: quinze millions. Sais-tu ça ?

Pour construction d'églises (ne t'emporte pas), de salles d'asile, de maisons d'école et d'hospices : six millions. Sais-tu ça ?

Pour restauration de monuments historiques: cinq millions.

Pour les œuvres de bienfaisance de l'Impératrice : dix millions.

Tout cela pris sur sa liste civile, sur ses appointements; sais-tu ça ?

Conclusion morale :

Aussi, quand il est parti pour l'exil, il s'est trouvé pauvre et chargé de dettes, qu'il avait faites pour le peuple; sais-tu ça?

Les bourgeois du *Rappel* et du *Radical*, — car ne l'oubliez pas, ceux du *Radical* sont des bourgeois tout comme ceux du *Rappel* et de la *République française*, ameutent le peuple par leurs excitations et le poussent à la haine et au mépris du bienfaiteur, et les ouvriers applaudissent les blagueurs. Tu sais ça, toi?

Et les autres, depuis huit ans qu'ils blaguent, qu'est-ce qu'ils ont fait pour nous?

III.

Dans l'ordre moral et politique, toujours relatif au prolétariat: suffrage universel, rétabli de par le deux décembre, que les ouvriers ont la bêtise de blâmer comme des bourgeois, ne comprenant pas que cet acte de révolution avait été fait au profit du prolétariat!

Droit de réunion pour y discuter de nos intérêts, mais dont l'opposition légitimiste, orléaniste, gambettiste, républicaine, fit des foyers de factions.

Loi sur le droit de grève, qui fait monter la main-d'œuvre: loi que le républicain Thiers s'est abstenu de voter, bien entendu, loi que les républicains de 1848 n'ont pas osé donner *au grand peuple!*... selon les immortels principes des droits de l'homme.

Loi concernant les sociétés coopératives.

L'Empereur verse à plusieurs reprises des sommes abondantes dans les caisses de ces diverses associations qui sont *la vie à bon marché*; sais-tu ça? J'en passe et bien d'autres.

Pourtant, comme Napoléon avait voulu que les *droits de l'homme* fussent une vérité sous son règne:

Il institua les prud'hommes.

L'ouvrier fut admis à déposer et fut cru sur parole à l'égal du patron.

Il abolit le livret.

Il abolit les lenteurs de la détention préventive.

Mon opinion est donc, et cela est dur à dire, amer à avouer, que Napoléon a trop donné à la fois et trop vite. Le peuple n'a pas eu le temps de digérer tant de bienfaits; il s'en est gavé bien plus qu'il ne s'en est nourri; son tempérament n'était pas préparé pour un tel confortable; de là, certains dérèglements qui ont fait dire aux vertueux moralistes de l'opposition bourgeoise, que l'Empereur avait été un empoisonneur, qu'il avait corrompu le peuple dans l'ordre physique, moral et politique. Selon eux, en donnant l'aisance aux masses, l'Empire n'aurait travaillé que pour le cabaret; en élargissant le cercle politique, l'Empire aurait ouvert la porte aux révolutions. C'était même la révolution en permanence.

Ainsi donc, le souverain était seul à faire quelque chose pour « la vile multitude »

CHAPITRE IX.

QUE FONT NOS RÉPUBLICAINS?

I.

La bourgeoisie, elle, prétendait qu'il fallait être économe de réformes, agir avec prudence, se hâter lentement. Souvenez-vous à ce sujet, camarades, qu'elle en voulut à l'Empereur d'avoir grâcié Barbès. Barbès, qui ne comprit pas l'acte patriotiquement élevé du souverain, entra lui-même dans une colère sottement héroïque, parce que cette grâce, disait-il, « allait lui enlever sa popularité ». Il ne comprit pas, lui non plus, que le tyran tendait la main à l'extrême démocratie.

— Bon zigue, le citoyen Barbès, mais pas malin, dit le Batignollais.

Laverdure continua :

— D'un autre côté les ouvriers, comblés de

bienfaits, restaient aveugles devant le libéralisme de César. Au dire des républicains, du loustic Picard, de ce clerc de notaire pansu, l'Empereur démolissait Paris pour faire coucher les ouvriers dans la boue, et il faisait le libre-échange pour fermer la porte au commerce. — L'Empereur était la fatalité du pauvre travailleur, hurlait l'opposition.

II.

Eh bien! mais il est tombé, cet Empire fatal et détesté ! Depuis six ans, ces braillards sont au pouvoir; il sont en grosse majorité à la Chambre, qui valide et invalide à sa fantaisie, que font-ils ? que proposent-ils ? que décrètent-ils pour le bonheur du peuple ?

Nos petits poucets de la République bourgeoise ont beau entrer dans les bottes de l'ogre, qu'ils lui ont volées sur la route de Sedan, ils ne sont pas encore parvenus à réaliser la poule promise à la marmite du pauvre.

La vérité, c'est que nous sommes plus affamés et moins libres que sous le tyran.

— Et que nous avons plus de mal pour payer notre terme, et que les patrons prennent leur revanche, s'écria un ouvrier plombier.

Laverdure continua :

— Ils nous abandonnent dans nos chantiers, dans nos ateliers, par impuissance.

— Alors, qu'ils se retirent ! qu'ils fassent place à d'autres! fit le Bellevillois. Nous sommes floués, trahis ! refaits !...

— Ce n'est pas la première fois, reprit le Montmartrois. Quand M. Thiers, devenu, de par la grâce du quatre septembre, chef de la République, déclarait, en 70, qu'il n'entrerait à Paris que derrière l'armée, dût-il se plonger jusqu'au cou dans le sang des Parisiens, que faisaient nos républicains pour prévenir et arrêter l'effusion du sang? Jules Favre, Jules Ferry, le gros Picard instrumentaient et instruisaient contre les communards, leurs complices en révolution, tandis que Gambetta se tirait les pieds vers la frontière d'Espagne.

Enfin, « les furies de la guerre civile » vont armer les chassepots et allumer les torches de résine et de pétrole. Paris va flamber, le sang va couler. Qui donc songe à se jeter entre le peuple et l'armée, entre Versailles et la grande ville? Qui, camarades? Un réactionnaire, un scélérat de bonapartiste, un décoré de l'Empire : M. Jules Amigues, à la tête de l'*Union nationale*, court chez Thiers, court chez Jules Favre, chez Paschal Grousset, Avrial,

Theisz, Gambon, voit Barthélemy Saint-Hilaire ; il affronte les Pyat, les Eudes, les Courbet ; il bondit de Paris à Versailles, de Versailles à Paris, malade, « ivre de fatigue », il se couche un soir à Versailles au coin d'une borne, où il tombe épuisé. Une bonne parole de M. Thiers peut arrêter des flots de sang ; il l'adjure de dire cette bonne parole. M. Thiers l'a presque promise. M. Amigues supplie la Commune de cesser ce malentendu, sous peine d'attirer sur Paris d'épouvantables catastrophes sans utilité et sans gloire.

Eh bien ! cet homme échoua devant l'inertie des Gambetta, des Jules Simon, des Ferry, des Jules Favre (1). Si ces citoyens intègres avaient

(1) Voici comment se termine le compte-rendu, publié par M. Jules Amigues, d'une conférence entre la commission de conciliation et M. Jules Favre :

« Sur le seuil de la porte, Lamy, qui s'obstinait aux espérances généreuses, voulut savoir si, au cas où la paix semblerait possible d'autre part, on pourrait revenir à M. Favre pour lui demander son concours, et il lui posa textuellement la question comme il suit :

« — Enfin, Monsieur le ministre, si un mot de vous

fait la moitié des efforts que fit alors ce brigand, ce bonapartiste, ils arrachaient le pays à de grands désastres. Vingt mille prolétaires et huit mille soldats prolétaires aussi n'eussent pas péri dans ces horribles journées de mai 1870 !

Et qui a défendu Rossel, le noble soldat fourvoyé, le seul des chefs populaires qui aimât véritablement le peuple et la France, et qui rêvât de combattre l'ennemi ? Qui essaya de la sauver, de l'arracher à la mort ? Encore Jules Amigues, — lui seul ! — tandis que vos chefs révolutionnaires de 1848 et de 1870 tuaient Rossel ou le laissaient mourir !

Jules Amigues est un nom que nous devons

était nécessaire pour réussir la conciliation, pourrions-nous y compter ?

« M. Favre répondit :

« — Ne me forcez pas à m'expliquer là-dessus.

« Et comme Lamy insistait, M. Favre répondit brièvement et durement :

« — Non ! »

Ainsi fit et parla cet homme de septembre.

(*Les aveux d'un conspirateur bonapartiste*, par Jules Amigues. — E. Lachaud, éditeur, 4, place du Théâtre-Français.)

graver dans notre mémoire, camarades ; il a tenté, comme monseigneur Affre, en 48, de faire taire les mitrailleuses et d'éteindre les torches. Ce n'est pas sa faute si Versailles n'a pas tendu la main à Paris et si Paris a retiré la sienne. Du reste, Jules Amigues est déjà connu de beaucoup de nous.

— C'est vrai, fit le Bellevillois. Mais le citoyen Amigues n'est pas communard. Pourquoi ? Ça m'embête.

— M. Jules Amigues sert les ouvriers selon leurs besoins, et non selon leurs passions ou leurs préjugés, répliqua Laverdure. Il sert dignement le peuple, il ne le flatte pas, comme nos républicains de 1848 et de 70, qui, après nous avoir grisés de belles promesses, ont édifié leur fortune sur les débris de l'Empire et les cadavres du pauvre peuple, de nos malheureux frères enterrés dans la boue et déportés à Nouméa, par les républicains bourgeois.

Un silence morne accueillit les dernières paroles de Laverdure, qui continua :

IV.

—En présence de la décomposition des caractères, de cette furie d'avidité, que veut l'ouvrier? il veut gobelotter et louper; les riches veulent jouir sans humanité et briller sans gloire; les classes moyennes sont, comme les pauvres, dévorées d'envie; elles sont folles d'ostentation; à peine sorties de la plèbe, elles songent à l'humilier. C'est la guerre des appétits, plus encore que des besoins.

Les orléanistes, les légitimistes, les républicains, les communards, se battent sur le corps de la France à terre. Le peuple n'a rien à gagner dans ces compétitions dissolvantes. Le quatre septembre a cassé notre tirelire; pour la retrouver, il faut un César qui fasse passer le troupeau effaré « entre deux murs d'airain » et qui serve les intérêts populaires, sans révolution, et protége l'intérêt bourgeois sans égoïsme.

Des jours tranquilles, de l'instruction, du progrès, du travail et du pain, voilà ma politique, qui est celle de l'égalité, celle de l'Appel au Peuple, celle des bonapartistes.

CHAPITRE X.

LA NOUVELLE.

I.

En ce moment, un compagnon du voisinage accourait tout essoufflé et tenant à la main *le Petit Caporal*, qui annonçait la lettre du Président de la République au citoyen Jules Simon et la démission du ministère. Il y eut dans l'assistance comme un moment de surprise effarouchée.

Nos braves prolétaires ne savaient pas trop comment ils devaient prendre la chose.

Ce fut le Batignollais qui prit la parole.

— Eh bien! qu'est-ce que ça peut nous faire, à nous, la dégringolade du ministère Simon et compagnie? Ce sont des bourgeois de droite qui mettent des bourgeois de gauche à la porte. Ça m' est bien égal, après?

— Ce que je vois de plus clair dans cet événement prévu, c'est le commencement de la fin, fit le Montmartrois.

Et jetant un coup d'œil rapide sur la liste qui annonçait la composition du nouveau ministère :

— Peuh ! fit-il, un peu de bonapartisme, pas mal d'orléanisme, un brin de légitimisme...

— Que sortera-t-il de cette bouillabaisse ? demanda le Batignollais.

— Il en sortira la dissolution.

— Et après ? demanda à son tour La Comète.

— Après, mon vieux La Comète, répliqua Laverdure, c'est la rouge ! Ça te va ?...

— A moins qu'un 18 brumaire... interrompit le Batignollais, ou un retour de l'île d'Elbe....

— Ce n'est pas légal, ce que tu dis-là, camarade, observa l'homme du *Radical*.

— Et le 4 septembre, fait contre le suffrage universel et contre l'élu de la nation, était-il légal ? répliqua le Batignollais. La révolution devant l'ennemi, par nos députés constitutionnels et assermentés, était-elle légale ! J'avais voté pour l'Empire, moi ; Gambetta m'a-t-il consulté pour jeter mon vote dans la boue du 4 septembre, avec celui de huit millions de français?

—C'est vrai, fit La Comète. Quand nos députés parlent de droit populaire, de respect à la constitution... de coup d'Etat de brumaire ou du 2 décembre, ils se moquent de nous. Tous ces confectionneurs de lois, sont les premiers à déchirer la LOI... des autres, mais il faut qu'on respecte la leur, sous peine d'être accusé de manquer de patriotisme... ou d'être déclaré factieux... c'est par trop bête!

II.

— Alors, le citoyen Gambetta va remplacer le citoyen Jules Simon, fit Laverdure, puisque c'est Gambetta qui a la majorité à la Chambre.

— Qu'en fera-t-il? demanda un ouvrier.

— La commune légale, répondit l'homme du *Radical*.

— Conservateur avec les conservateurs, rouge avec les sanguignolants, Gambetta nous mène droit au gâchis, fit Laverdure.

— Et le maréchal pour qui travaille-t-il dans tout ça? demanda la Comète.

— Mystère ! répondit Laverdure.

—Gambetta n'est pas tout à fait mon homme, mais ça ne fait rien, il travaille pour le peuple, dit l'homme du *Radical*.

III.

Le Montmartrois, qui avait le *Petit Caporal* à la main, fixa l'homme de ce regard railleur dont nous avons parlé plus haut.

— Bon ! se dit le Batignollais, le Montmartrois va lui fourrer une blague, c'est sûr.

— Ecoutez ! camarades, s'écria Laverdure en jetant les yeux sur le journal, je n'ai pas tout lu :

— Composition du nouveau ministère :

— Ah ! ah ! dirent les assistants.

— Gambetta est chargé de composer un ministère.

— Je l'avais bien dit, fit l'homme du *Radical*.

— Et la sociale ? dit le Bellevillois, va-t-il nous la donner, cette fois ?

— Va-t-il encore nous jeter dans la boue, dans le pétrole et dans le sang ? fit le Batignollais.

— Qu'il f... donc le camp à St-Sébastien, promener sa fourrure et manger le foin que le 4 septembre a mis dans ses bottes ! dit un ouvrier mécanicien.

Laverdure continua :

— Challemel-Lacour, à la justice.

— En voilà encore un drôle de républicain, celui-là ! il a voté le Sénat en culotte courte pour se faire sénateur, le malin, dit un ouvrier maçon.

— Ecoutez, camarades !

— Floquet, aux affaires étrangères.

— Bon polonais, Floquet, mais un drôle de français. Où était-il sous le siège ?

— Dans sa robe d'avocat, parbleu !

— Ecoutez ! vous interrompez comme à la Chambre :

Laverdure guigna de l'œil, en disant à part soi :

— C'est ici que nous allons rire.

— Puis il continua :

— Corbon, aux cultes.

— Barodet, instruction publique.

— Tolain, aux finances.

—Nadaud, aux travaux publics.

— Boichot, à la guerre.

— Martin Bernard, à la préfecture de police : soit, six ouvriers.

IV.

— De quoi, des ouvriers? s'écria La Comète, de quoi! ces larbins revêtus de la défroque de leurs maîtres, des ministres! où donc est leur éloquence? quel est leur talent? suffit-il donc d'écrire sur sa casquette : je suis républicain ouvrier, pour être député, sénateur et ministre? Si c'est çà la justice dans la révolution, je rentre mon flacre. Tout ça, c'est de la blague!... des ministres? pourquoi pas tout de suite des princes? nous voilà encore une fois dans le pétrin, ce ne sont pas nos amis de la plèbe, députés ou sénateurs, devenus tout à coup des législateurs par aventure, qui sauront nous tirer d'affaire; nous n'avons rien à gagner à leur avancement. Ce sont des conservateurs de leurs appointements; voilà tout.

— Qu'est-ce qu'il te faut donc? lui demanda le Batignollais.

— Il me faut quelqu'un qui monte à cheval, répliqua La Comète, qui commençait à comprendre la gravité de la situation pour le peuple en particulier et pour le pays en général.

— Sois tranquille, dit alors le Batignollais, Gambetta n'en est pas à prendre des ouvriers pour collaborateurs; Laverdure s'est moqué de nous : quant au Gênois, il est plus près de St-Sébastien que de la présidence du conseil, sois-en certain.

— Camarades, s'écria Laverdure, nous sommes emportés dans un tourbillon de feu, rapprochons-nous, il en est temps encore, allons ! Un bon mouvement !

Vaincus de l'Empire et châtiés de la Commune, humiliez nous devant l'égalité de nos fautes et de nos deuils !

—Tu as raison, mon vieux Montmartrois, dit La Comète : à la santé de ceux-là qui sont absents !... mais qui reviendront...

— Et à ceux-là qui ne reviendront plus ! riposta Laverdure en levant un regard plein de de tristesse vers le ciel, qui commençait à s'étoiler.

FIN.

EN VENTE

A LA BIBLIOTHÈQUE NAPOLÉONIENNE

LIBRAIRIE

La Chanson libre, nouveau recueil de Savinien LA-
POINTE, nouvelle édition . . . . 0 » 50
Le Prince Impérial, biographie, par Ch. BLACHIER,
un vol. in-16. . . . . » 50

PHOTOGRAPHIES

	Carte album	Carte de visite
Napoléon 1er.	1 50	» 75
Impératrice Joséphine.	1 50	» 75
Roi de Rome.	1 50	» 75
Reine Hortense.	1 50	» 75
S. M. l'Empereur Napoléon III . .	1 50	» 75
S. M. l'Impératrice.	1 50	» 75
S. A. le Prince Impérial	1 50	» 75
Tombeau de l'Empereur	1 »	» 50
Chapelle Sᵉ-Marie-de-Chislehurst	1 »	» 50
Camden-House (Chislehurst). . .	1 »	» 50
Collection des députés impéria-listes, chaque.	1 50	» 75
Tombeau de Napoléon Iᵉʳ (Invalides)	1 »	» 50
Id. (Stᵉ-Hélène)	»	» 50
Longwood (maison où est mort Na-poléon 1ᵉʳ.	»	» 50

Paris.—Imp. MALVERGE et DUFOURG, r. Cardinal-Lemoine, 41.